Tres chicos muy valientes

Graciela Montes

Ilustraciones de Clau Degliuomini

loqueleo

Había una vez tres chicos muy
valientes.

Un día los tres chicos valientes se
fueron a explorar el mundo.

Llegaron al pie de una montaña alta,
muy alta.
—¿Subimos o no subimos? —se
preguntaron.

4

Y después se contestaron:

—Sí, subimos. Porque somos valientes.

Y subieron la montaña.

Cuando llegaron arriba vieron que
había un campo verde, muy verde.
—¿Seguimos o no seguimos? —se
preguntaron.

Y después se contestaron:
—Sí, seguimos. Porque somos
valientes.

Y caminaron por el campo.

Cuando se terminó el campo vieron
que había un bosque negro, muy
negro.

—¿Pasamos o no pasamos? —se
preguntaron.
Y después se contestaron:
—Sí, pasamos. Porque somos valientes.

13

Y pasaron por el bosque.

Y cuando se terminó el bosque vieron
que había unas cuevas enormes.
—¿Entramos o no entramos? —se
preguntaron.

Y después se contestaron:
—Sí, entramos. Porque somos
valientes.

Pero justo cuando estaban por entrar
en las cuevas todo empezó a temblar.

—¡Un terremoto! ¡Un terremoto!
—gritaban los tres chicos valientes.

—¡Aaaaaatchús! —estornudó
el gigante.

Y los tres chicos valientes salieron
volando por el aire.

Y volvieron a sus casas corriendo.
Y mientras corrían, gritaban:

—¡Somos muy valientes! ¡Exploramos
un gigante!

loqueleo

TRES CHICOS MUY VALIENTES

© De esta edición:
2016, Santillana USA Publishing Company, Inc.
2023 NW 84th Avenue
Miami, FL 33122, USA
www.santillanausa.com

© Del texto: 1989, 2016, Graciela Montes
© De las ilustraciones: 2016, Clau Degliuomini

Dirección editorial: María Fernanda Maquieira
Edición: Clara Oeyen
Realización gráfica: Alejandra Mosconi
Montaje de esta edición: Claudia Baca
Ilustraciones: Clau Degliuomini
Dirección de arte: José Crespo y Rosa Marín
Proyecto gráfico: Marisol del Burgo, Rubén Chumillas y Julia Ortega

Loqueleo es un sello de **Santillana**. Estas son sus sedes:
ARGENTINA, BOLIVIA, BRASIL, CHILE, COLOMBIA, COSTA RICA, ECUADOR, EL
SALVADOR, ESPAÑA, ESTADOS UNIDOS, GUATEMALA, MÉXICO, PANAMÁ, PARAGUAY,
PERÚ, PORTUGAL, PUERTO RICO, REPÚBLICA DOMINICANA, URUGUAY Y VENEZUELA.

ISBN: 9781682921821

Published in the United States of America
PRINTED BY BELLAK COLOR, CORP.
20 19 18 17 16   1 2 3 4 5 6 7 8 9 10